Das göttliche Lumpenpack

Rafael Angel Herra

Das göttliche Lumpenpack

Übersetzung
Hans Jürg Tetzeli von Rosador

2016

TWENTYSIX – Der Self-Publishing-Verlag
Eine Kooperation zwischen der Verlagsgruppe
Random House
und Books on Demand

© 2016 Herra, Rafael Ángel
Herstellung und Verlag: BoD – Books on Demand, Norderstedt
ISBN: 9783740709624

© Spanische Ausgabe:
Uruk Editores & der Autor
San José, Costa Rica, 2011
rafaelangel.herra@gmail.com
hans.juerg.tetzeli@kabelmail.de

Bild: Mónica Salazar

Für Milena und Florencia

Ich sehe dich hüpfen,
süßer Frosch,
und dich nach der Prinzessin sehnen,
deren Küsse Zauberkraft haben.
Ich hoffe nur, dass die rustikale Liebe
dir den gewünschten guten Liebhaber aus dem Munde zieht
und nicht den idiotischen Prinzen der Erzählung.

Ein böser Engel

Die Erzähler stellen sich vor

Die gelehrten Tiere, die sich so wenig über Nachrede befleißigen, mussten bestimmte umstrittene Geschichten aus dem Tierreich untersuchen. Ich werde sie Ihnen erzählen, meine Damen und Herren, obwohl uns Papageien der Spott über die Erzähler verfolgt, denen niemand glaubt, wenn sie die Wahrheit sagen. Gegen ein solches Unglück kann man nichts tun. Ich bitte Sie nur, uns nicht mit den Klatschmäulern zu verwechseln, die im Tierreich Legion sind.

Ich schreibe hier die Geschichten auf. Lesen Sie und urteilen Sie selbst.

Der Zufall ist ungerecht

1

Die Elster und der Papagei

Ich weiß nicht, warum die Papageien sprechen und die Elstern stehlen, aber ich kann eine Behauptung aufstellen, die niemand widerlegen kann: Die Freundschaft zwischen ihnen ist unmöglich: Jedes Mal, wenn die Elster etwas stiehlt, erzählt es der Papagei allen Leuten.

2

Die docta ignorantia*
der Chamäleonmutter

Die Chamäleonmutter legte eine Handvoll Eier auf Schlangeneier. Wochen später, bereits wohl geboren, tummelten sich Chamäleons und Schlangen herum, krochen und verkrochen sich gemeinsam unter dem Unkraut, völlig glücklich darüber, die Freuden der Kindheit zu teilen.

Die Chamäleonmutter wunderte sich nicht über die Unterschiede. Alle waren ihre Kinder, obwohl einige, die wie Schlangen auf dem Boden glitten, in der Kunst der Verkleidung so frühreif waren. Einige von ihnen, die von klein auf so klug waren, ahmten den Körper ihrer Feinde nach, um sie ohne Gefahr zu täuschen.

Diese Gedanken unterhielten die Chamäleonmutter, die stolz darauf war, so aufgeweckte Kinder zur Welt gebracht zu haben, und glaubte es weiterhin bis zu dem Tag, an dem die eine Hälfte ihrer Kinder die andere Hälfte auffraß.

*gelehrte Unwissenheit, Anmerkung des Übersetzers

3

Der mathematische Tausendfüßler

Ein Tausendfüßler wollte das Weibchen besuchen, das zwischen den schattigen Wurzeln eines benachbarten Feigenbaumes lebte.

Niemand weiß, aus welchem Grund er auf die Idee kam, die Schritte zwischen dem Weibchen und dem Laub zu zählen, in dem er sich einzugraben pflegte. Wie man dort sagt, kannte dieses Tier die Arithmetik und nahm sich vor, sich dies selbst zu beweisen. Seine Kenntnisse würden ein gutes Thema unter dem Feigenbaum abgeben, wenn er sich mit dem Weibchen vergnügte.

Also schickte er sich an, die Schritte zu zählen, obwohl es so mühsam war, die Bewegungen seiner tausend Extremitäten im Gedächtnis zu registrieren. Zuerst würde er die Gesamtsumme jedes Beines zusammenzählen, sagte er sich, und würde die von der linken Seite durch tausend teilen; dann würde er die Operation mit denen auf der rechten Seite wiederholen. Um dies zu erreichen, müsste er jeden Schritt einzeln zählen und Zwischensummen zusammenzählen. Er vergaß ein Detail nicht:

Wenn er die Entfernung durch die genaue Zahl der Bewegungen messen wollte, musste der Tausendfüßler darauf achten, dass die Schritte exakt waren und immer dieselbe Länge erreichten. Ein weiterer Vorteil dieser Methode wäre, dass er sich im nächsten Monat fehlerlos an den Weg erinnern könnte. Sein Glück war gesichert wie die Zukunft seines Stammes. Unglücklicherweise drohte die Reise aufgrund des unebenen Bodens kompliziert zu werden: Während die ersten hundert Beine weite Sprünge taten, um das Gerippe eins Blattes zu überwinden, mussten die anderen anhalten oder die Bewegungen auf unregelmäßigen Strecken und zu unterschiedlichen Zeiten verkürzen.

Die Anstrengung, die Unterschiede auszugleichen, verkomplizierte die Rechenvorgänge sehr. Da er kein Insekt der Kanaille war, sondern eine sensible Seele und vor allem den Symmetrien treu, brachte die Sehnsucht, seine Liebesprojekte zu verwirklichen, die Schritte und die Nachrechnung in Unordnung, während er sich gleichzeitig unter den herabgefallenen Blättern verkriechen musste, damit die Raubvögel ihn nicht bemerkten. Allein die Vorstellung seines Schicksals beschämte ihn.

Ein so unsicherer Marsch würde ein Durcheinander in der Kadenz seines Trotts verursachen, der im Allgemeinen so wohlgeordnet und subtil war, und würde den Berechnungen unendliche Variablen hinzufügen. Er war auch nicht völlig sicher, ob er in der Liebe triumphieren würde.

Die Resultate kennt man bereits: Es würde so schwer fallen, den Weg zu den schattigen Wurzeln zurückzulegen, dass der Tausendfüßler beschloss, im Laubwerk zu bleiben. Der Fortbestand seiner Sippe musste auf bessere Zeiten warten.

4

Der Frosch und die Prinzessin

Es war einmal eine gewisse junge Prinzessin, die das Auftauchen eines Frosches erwartete, um ihn zu küssen. Dies erzählte sie ihrer Freundin. Und jeder in ihrer Umgebung erfuhr von dieser Grille. Ihr zufolge war der Frosch ein verzauberter Prinz und dank ihren warmen Lippen würde der Zauber gebrochen.

Niemand wird glauben, was dann geschah, obwohl ich Ihnen versichere, dass ich nicht lüge.

Nachdem sie den Tatbestand untersucht hatten, kamen die gelehrten Tiere zu folgendem Schluss: Für die Frösche sah die Prinzessin so hässlich aus, dass es keiner von ihnen, nicht einmal der kühnste wagte, sie zu küssen.

5

Die Ordnung der Ameisen

Ihre Ordnung ist perfekt.

Die Ameisen gehen im Gänsemarsch, halten immer den gleichen Abstand ein, mit Last oder ohne Last, und dabei achten sie auf diejenigen, die in der Gegenrichtung marschieren. Sie sind auch pflichtbewusst. Die Disziplin geht so weit, dass, wenn eine Arbeiterin ein Signal am Ende der Reihe sendet, die Botschaft von einer zur anderen weitergeleitet wird, bis sie zum Nest gelangt, wo sie die Drohnen und die Königin hören.

Der Nachteil des Systems ist seine Langsamkeit. Wenige Arbeiterinnen haben überlebt, um es zu erzählen. Niemand weiß, wie es verbessert werden kann, obwohl die Folgen über Leben oder Tod entscheiden. Kein Ameisenstaat hat es jemals erreicht, dass ein Alarmruf rechtzeitig angekommen wäre, wie der beste Zeuge der Katastrophe bestätigen kann. Wenn Sie mir nicht glauben, bitte ich Sie, den Ameisenbären zu fragen.

6

Ehrgeizige Pläne der Henne

Eine eingebildete Glucke gackerte ganz von sich eingenommen bei drei Eiern. Wenn sie nicht zwischen den Blättern pickte, um Würmer zu suchen, schickte sie sich an, den Hühnerhof herauszufordern. Die anderen Glucken drehten den Hals, um sie aus den Augenwinkeln zu beobachten; die jungen Hennen liefen mit vor Bewunderung gesträubten Federn um sie herum; die jungen Hähne scharrten ohne großes Interesse in der Nähe.

Während der letzten Tage verfiel sie darauf, sich Rechte anzumaßen, die noch niemals mit so lauter Stimme verkündet worden waren. Sie prahlte, das erste Ei, das sich öffnete, würde den Hahn der Hähne schlüpfen lassen. Ihr Sohn würde für Gesetz und Ordnung im Hühnerhof sorgen, wenn nötig mit Schnabelhieben, obwohl ihm seine Mannhaftigkeit genügen würde. Die jungen Hennen würden sich um ihn streiten, wie es sich gehört. In seinem Schatten wären sie glücklich und würden den Weg für eine ruhmreiche Nachkommenschaft bereiten. Wie stark und stolz würde er sein mit seinem riesigen Schwanz und den Sporen so scharf wie Dornen. Er wird majestätisch sein, schrie sie heiser, bevor sie sich auf die Eier setzte.

Aber sie hatte keine Zeit, sich zurechtzusetzen, denn in diesem Augenblick kam ein Fuchs, der ohne Respekt vor der glorreichen Sippe, die gerade erst im Entstehen war, den Patriarchen im Ei verschlang.

7

Die Muschel

Die Muschel schleuderte Schimpfworte gegen die plumpen Kinder des Frosches, während sie sich von der kühlen Strömung davontragen ließ. Wie glücklich war sie, sich den Launen der Welt hinzugeben. Mit welcher Glückseligkeit wiegte sie sich auf dem Grunde des Sees, während sie sich unter der brennenden Sonne wärmte, die dort oben zu ihren Diensten hing. Sie hatte weder Füße noch Hände, sie konnte weder kriechen noch fliegen, noch war sie so störrisch wie die Entenmuschel, die immer am gleichen Ort war, noch beneidete sie die Schwalben. Die Muschel irrte nicht aus eigener Kraft umher. Sie hätte es auch nicht getan, wenn sie es gekonnt hätte: Wozu auch? Es war angenehmer, ohne Anstrengung zu leben und den Strömungen zu folgen, die sich um ihre Spazierfahrten kümmerten und ihr ohne Anstrengung die Nahrung in Reichweite führten.

So war es immer.
Bis sie eines Tages am Ufer strandete: Mit welch großem Verlangen wünschte sie, Beine zu haben und zum frischen Wasser zu laufen, bevor sie starb.

8

Traurige Kakerlaken

Ich weiß nicht viel über Kakerlaken. Sie stoßen mich ab. Vergeblich habe ich eine Erklärung für meine Unwissenheit gesucht. Sprechen wir offen: Meine Gefühle wären wertlos, wenn das Gesagte nicht die allgemeine Meinung in unserem Tierreich widerspiegelte. Es erübrigt sich zu sagen, dass sich Tag für Tag die Gleichgültigkeit diesem Ungeziefer gegenüber in Ekel verwandelt. Sie sind so ekelhaft, dass es niemand gibt, der interessiert daran wäre, sie zu fressen, außer den Ameisen, den Hennen und den Ratten, die ihr ganzes Leben lang einen Mordshunger haben.

Die Kakerlaken wissen, was die Welt über sie denkt. Sie fühlen sich entsetzlich, zurückgewiesen. Die Scham, die ihnen ihr Bild in der Öffentlichkeit hervorruft, ist so bitter, dass sie ihr Leben in der Dunkelheit fern von allen vergeuden. Wenn es geschieht, dass ein Lichtstrahl sie überrascht, laufen sie, sich im Finstern zu verstecken, um nicht die Demütigung zu erleiden, angeschaut zu werden.

9

Der spöttische Frosch

Wie schrecklich und unnütz sind diese Tiere, die nicht einmal hüpfen, um von einem Ort zum anderen zu gelangen, sagte sich der spöttische Frosch, als er die Schwäne auf dem Teich beobachtete.

10

Die Ratte und die Kakerlaken

Die Ratte des Untergrunds beweint ihr Missgeschick: Sie hat sagen hören, dass das Tierreich sie nicht liebt.

Wir Kakerlaken teilen die Verachtung durch die Welt, aber wir bewahren Abstand. Jedes Mal, wenn sie kann, frisst die Ratte eine von uns. Sie sagt, ein ungeliebtes Wesen auf der Welt sei genug. Zwei seien zu viel und sie könne es nicht ertragen.

11

Das Flusspferd

Im Tierreich geht ein ziemlich vernünftiges Gerücht über das Gähnen des Flusspferdes um. Man sagt, dass seine triumphierenden Zähne beim Öffnen des Maules die Krokodile verjagen, selbst die größten und heimtückischsten. Alle Welt, die Raupen, die Antilope, sogar die Affen, die schlechter informiert sind als ich, akzeptieren diese Meinung, ohne mit der Wimper zu zucken.

Als Historiker der tierischen Ruhmestaten befolge ich treu die Regeln, verheimliche keine Information und sage nichts, was sich nicht auf objektive Quellen stützt. Deshalb zeichne ich hier auf, was einige zu murmeln wagen. Sie behaupten, das Flusspferd gähne, um Erbitterung der Welt gegenüber zu zeigen. Sie sagen auch, dass es kein fauleres Tier gebe. Da es sein Leben verbringe, ohne etwas zu tun, bleibe ihm nichts anderes übrig, als zu gähnen.

Die Wahrheit sieht anders aus: Das Flusspferd gähnt nicht; es öffnet den Mund nur, weil es ihn gern öffnet.

12

Die nackten Wegschnecken

Den Wegschnecken erscheint es unedel, die Welt nackt zu durchziehen. Da sie hässlich und wenig appetitanregend sind, begehrt sie niemand und keiner nähert sich ihnen. Deshalb suchen viele etwas, um sich zu bedecken. Die, denen es gelingt, ein Schneckenhaus zu finden, stellen es auf den Rücken und ändern ihren Namen. Sie erzählen es mit Stolz, da sie gut gekleidet keinen Grund mehr haben, sich zu schämen.

Zu ihrem Unglück wissen sie nicht, dass es in der Nähe Tiere ohne großes Interesse an ihrer Würde gibt, die Liebhaber guter Küche und den Weinbergschnecken sehr zugetan sind.

Der Pfau

Der Pfau verbrachte die Nachmittage, indem er sich auf dem Spiegel des Sees zur Schau stellte.

„Das Tierreich kommt, um mich zu bewundern ", sagte er sich und bedachte das Glück, schön zu sein, während er stolz ein Rad schlug.
„Wie sie mich beneiden", dachte er.

Während er sich eines Tages am Ufer sonnte, geschah etwas in seinem Lebensplan nicht Vorgesehenes, etwas sehr Einfaches, ein unbedeutendes Detail, als dort zufällig eine hungrige Füchsin herumstrich, die sich wenig um das Glück der Pfauen kümmerte.

14

Der delirierende Löwe

Der Löwe träumte, dass er durch das Gebüsch kroch, weil er eine Schlange war. Ich deliriere, sagte er sich erschrocken, und versetzte jenem Tier einen Prankenhieb, um es zu töten, aber er tötete sich dabei nur selbst.

15

Die Nacktschnecke vor dem Spiegel

Die Nacktschnecke sah sich nur einmal in ihrem Leben im Spiegel. Ihr Ekel war so groß, dass sie tausend Mal darüber kroch, um ihn blind zu machen.

16

Drei Spinnen

Drei Spinnen nahmen sich vor, die drei Netze, die sie spannen, zusammenzulegen und ein einziges zu bilden, das ihnen dazu dienen sollte, alle Insekten des Nachmittags zu jagen. Aber sie verhedderten sich so sehr, dass sie nicht nur zum Gespött des Tierreichs wurden, sondern den Tag auch ohne jede Nahrung beendeten.

17

Engelsaugen

Was für schöne und glänzende Äuglein! Manchmal, abhängig vom Licht, sind es Engelsaugen. Deine Ohren sind so delikat, sie erfreuen das Auge. Dein Gang ist unvergleichlich wie auch deine seidige Haut, die mich vor Begierde erzittern lässt.

Du schmeckst gut, ich könnte es nie leugnen, aber das bleibt unter uns. Wir Pumas ernähren uns mit Vorliebe von Spanferkeln.

18

Der problematische Kojote

Der Kojote sieht alle Geheimnisse. Da er neugierig ist, will er ein Gürteltier, wenn er ihm begegnet, ohne Panzer sehen. Alle kennen seinen Gewissenskonflikt: Sooft er kurz davor ist, das Geheimnis des nackten Gürteltiers zu enthüllen, zieht er es vor, es zu fressen.

19

Das musikalische Füchslein

Unter den raffiniertesten Tieren des Reiches ist das Füchslein berühmt für sein gutes Gehör. Die Musik ist seine große Schwäche; dies führt sogar dazu, dass er berückt ist, wenn die Papageien ihre Choralfantasien verbreiten. Manchmal nähert er sich ihnen, er möchte sie aus der Nähe hören, aber die scheußlich Undankbaren fliegen davon. Dann wendet er seine Ohren den Grillen zu, die auch im Chor singen, wenn der Sommer kommt. Die Grillen geben seiner unendlichen Leidenschaft für die Musik Nahrung, aber (o unglückliches Füchslein) sie schmecken auch sehr gut.

20

Verfolgter und Verfolger

Es gibt Fische, die nicht ruhen: Ihr Leben besteht darin, andere zu verfolgen. Ich weiß nicht, wer mehr leidet: Ob es der Verfolgte ist, weil er entkommen muss, oder der unentwegte Verfolger.

Ich bin aufrichtig zu Ihnen (und verzeihen Sie, dass ich die Grenzen der Erkenntnis überschreite, zu denen wir gelehrte Tiere verpflichtet sind, fern jeder sentimentalen Erbärmlichkeit): Mich erbarmt der Verfolger mehr als der Verfolgte: eine so große idiotische Anstrengung für nichts.

Unglückliche Kreaturen

Als der Gott der Tiere den Hund schuf, beschloss er, auch die Katze zu schaffen: So hatte keiner Frieden im Tierreich.

Das göttliche Lumpenpack

Raupen, Läuse, Ameisen, Flöhe, Spinnen, Zecken, Schnaken, Tausendfüßler, Stabheuschrecken, Hummeln, Wespen: Ich liebe das göttliche Lumpenpack, sooft ich Hunger habe, lade ich es zu einem Bankett ein.

Im Tierreich sagen alle (Sie werden mich entschuldigen, wenn ich in der dritten Person spreche), dass der Rabe ein wenig zynisch ist, wenn er sich seiner bevorzugten Nahrung rühmt. Entscheiden Sie selbst.

Die Wirklichkeit macht Tricks

23

Die schimpfende Henne

Die Henne der Erzählung war schlecht gelaunt, weil niemand sie zum Fest geladen hatte. Alle außer ihr würden dahin gehen. Sie fühlte sich enttäuscht, unwichtig, ungeliebt. Noch schlimmer war es, diese koketten jungen Hühner zu sehen, die sich zwischen den Federn pickten, um besser herausgeputzt zu sein, wenn man sie zum Vergnügen brachte.

Die wild Schimpfende kannte einen Spruch nicht, den die Köche wiederholen, wenn ein Fest stattfindet. Ich werde ihn ihr sagen, sobald ich sie treffe: Eine alte Henne ergibt kein gutes Gericht.

24

Erleuchtete Motten

Wenn die Motten auf ihren nächtlichen Flügen Flammen entdecken, fliegen sie auf sie zu. Sie nähern sich, wie es scheint, nicht wegen der Hitze, selbst wenn die Luft kalt ist, sondern weil das Feuer sie überrascht. Während sich die Fledermäuse, die großen, hässlichen Vögel und selbst die schamlosen Frösche entfernen, kreisen die vom Glanz gefangenen Motten um das Feuer, bis sie sich verbrennen lassen.

Das Tierreich weiß nicht, warum sie dies tun. Dagegen sagen die Motten, dass sie sich opfernd die Glückseligkeit finden.

25

Das phantasievolle Faultier

Meine Bewegungen sind kaum wahrnehmbar. Ich bin still. Ich hänge von den Bäumen, ganz oben, bis ich mit den Bromelien verschmelze. Wenn ich es wollte, könnte ich den Ozelot mit meinen Klauen zerdrücken; weder der Panzer des Gürteltiers könnte meinen Zähnen widerstehen, noch der mächtige Tapir meiner Umarmung. Der Sperber kann sich sicher fühlen: Warum sollte ich ihn beneiden? Die Schlange zu verunglimpfen, ist unnütz und vergeblich. Niemals träume ich davon, lautlos auf dem Laubwerk zu gehen. Genauso wenig trachte ich danach, in den Flüssen unterzutauchen. Ich brauche die Ruhe des Schöpfers. Es ist erforderlich, ohne Schrecken zu leben, um Dinge zu schaffen, die Tiere, die Pflanzen und ihnen Leben einzuhauchen.

Das Faultier dachte, die Welt entstünde aus seiner Phantasie, der Ast eingeschlossen, den es gerade ergriffen hatte. Als es aus der Höhe hinunterstürzte, blieb ihm keine Zeit, seinen Glauben zu überprüfen.

26

Die Krähe und die Dohlenkrackel*

Die Krähe und die Dohlenkrackel sind viele Tage und Nächte geflogen, um das Glück zu suchen. Die Krähe überflog die Ozeane; die Dohlenkrackel flog über die Berge und gefährdete dabei ihre Gesundheit wegen der Kälte. Eines Tages hörten sie Legenden über einen wunderbaren Ort und daraufhin machten sie sich auf die Suche nach ihm und jetzt begrüßen sie sich vor seinen Toren. Sie träumen davon, die Jahre ihres Greisenalters dort zu beenden, wo Nahrung zur Hand ist neben kristallklaren Quellen. Wie sehr verlangt es sie, die von Fruchtfleisch geschwellten Früchte zu kosten, von denen sie gehört haben. Nach dem langen Flug sehnen sie sich nur danach, den Ort des Genusses mit dem Rest der Tiere zu teilen.

Aber die Wünsche erfüllten sich nicht, denn es gab einen Vorbehalt.

Am Tag ihrer Ankunft verschloss man ihnen das Tor. Der Augenfreude geweiht, nimmt der Zoo nur schöne Tiere auf und verbietet den hässlichen Vögeln den Eintritt.

*eine Dohlenart, A.d.Ü.

27

Der Skorpion und die Schlange

Ein Skorpion und eine Schlange streifen durch das Gebüsch, jeder mit seinen Angelegenheiten beschäftigt, und stehen sich von Angesicht zu Angesicht gegenüber. Sie sehen sich an, sie messen ihre Kräfte, sie haben Hunger. Die Schlange denkt an ihre Nahrung, aber sie kennt gleichzeitig das Risiko: Sie hat von dem tödlichen Stachel gehört, der sich jetzt vor ihr hin und her schwingt. Der Skorpion ist auf der Hut: Sein Gift ist stark, aber er hat auch Geschichten über die Fangzähne der Schlange gehört. Sie fahren fort, sich zu beobachten und ihre Kräfte zu messen. Ihr Herz brennt vor Wut, sie sehen sich zum letzten Mal an und entfernen sich, ohne einander den Rücken zuzukehren.

Schließlich sättigt sich der Skorpion mit Käfern und die Schlange mit Fröschen. Ohne ein Übereinkommen zu treffen, teilen sie sich das Reich.

28

Drosophila melanogaster *

Die Fliege liebt den Tau. Als sie ihren Geschmack erkannten, nannten sie die gelehrten Tiere Drosophila melanogaster. Noch nie hat ein so vulgäres Wesen einen so schönen Namen erhalten. Als die Fliege dies erfuhr, prahlte sie die ganze Zeit, während sie über den reifen Früchten summte. Mit diesem Namen, sagte sie, werden mich selbst die goldenen Hummeln beneiden.

Was Drosophila melanogaster nicht wusste, ist, dass sich die Spinne von schönen Namen nicht beeindrucken lässt.

*Fruchtfliege , A.d.Ü.

29

Die eitle Libelle

Während sie mit majestätischer Kunst fliegt, stellt sich die Libelle die Neider im Tierreich vor. Sie hat einen schlanken Leib, durchsichtige Flügel. Ihre Schönheit beugt sich nur dem Wunder des Kolibris.

Wenn sie die Stabheuschrecke im Dickicht überrascht, lacht sie diese aus: Wie kann jemand, der so hässlich ist, das Glück erstreben, jemand aus traurigem Stroh gemacht, mit gebrochenen Extremitäten, zurückgeblieben, unfähig zu fliegen, immer Verstecken spielend? Armes Tier, sagte sie sich.

Die Elster kümmerte sich wenig um die Eitelkeit der Libelle, als sie diese aufpickte.

Die Stabheuschrecke, unter trockenen Zweigen versteckt, dankte dem Himmel dafür, sie vor einem so elenden Schicksal bewahrt zu haben.

30

Die glückliche Raupe

Wie in den Annalen des Tierreichs vermerkt, ist die Raupe das einzige Tier, welches das Blatt frisst, auf dem es kriecht. Aber diese Gewohnheit erfüllt sie nicht mit Besorgnis und sie fürchtet sich nie vor der Leere, weder vor großen Höhen noch vor den Winden, denn sie weiß, sollte sie fallen, wachsen ihr Schmetterlingsflügel und sie wird im hellen Licht in den neuen Tag fliegen.

31

Die Stechmücke und die Blume

Die große Lippe neigt sich nach unten, die grünen Pünktchen heben sich von Terrakotta ab: Keine Blume der Welt ist ihr gleich.

Die Naiven sagen, dass die Stechmücke so denkt, während sie summend um sie herum fliegt.

Ich werde Ihnen ein Geheimnis verraten: Die Stechmücke interessieren weder die Farben, noch die gewundenen Formen, noch diese majestätische Gestalt der Pflanze, wenn sich die Blüten öffnen. Nur der Geruch zieht sie an. Viele Tiere des Waldes, der Kolibri zum Beispiel, nähern sich ihr nie. Ich auch nicht. Die Stechmücke dagegen atmet mit all ihren Kräften, erfüllt sich mit Lust und fliegt zu dem großen Blütenblatt mit den grünen Pünktchen, bis sie im Labyrinth versinkt. Ich bin aufrichtig: Ich verstehe nicht, warum sie das tut. Der Gestank, den die fleischfressende Pflanze ausströmt, verschlägt einem den Atem.

32

Der Schmetterling mit Augen auf den Flügeln

Der Schmetterling ruhte sorglos auf dem Zweig. Die schrecklichen Augen, die auf seinen Flügeln gezeichnet waren, verscheuchten die Nachtvögel.

Mit der Zeit gewöhnte er sich so an die Kunst der Täuschung, dass er, als er ein Männchen seiner Art suchen wollte, nicht unterscheiden konnte, ob die Augen, die ihn von einem benachbarten Stamm aus beobachteten, gezeichnet oder wirklich waren.

33

Die Hummel gegen das Glas

Die Hummel hat kein Gedächtnis, so tuscheln die Klatschmäuler im ganzen Tierreich. Die Arme bricht sich den Kopf an den Kristallen, prallt einmal und immer wieder dagegen und stürzt sich unermüdlich wieder dagegen, denn augenblicklich vergisst sie die Aufschläge und die ständigen Misserfolge.

Ich versichere Ihnen, dass diese Hartnäckigkeit, sich mit solchem Eifer den Kopf einzuschlagen, nicht durch das Vergessen zu erklären ist. Die besten Theorien unter den gelehrten Tieren haben mir andere Gründe eingegeben. Die Hummel prallt gegen das Kristall und stößt immer wieder dagegen, weil sie das Bild, das sich darin spiegelt, wütend macht.

34

Das Festmahl der Gottesanbeterin

Wissen Sie, warum die Gottesanbeterin das Männchen frisst, wenn die Flitterwochen zu Ende sind? Der Grund ist sattsam bekannt: Sie fühlt sich schuldig. Durch ihre Erziehung bekam sie Schuldgefühle wie ihr ganzes Geschlecht. Ihre Mutter und ihre Großmütter und Urgroßmütter haben immer den Vater, den Großvater, den Urgroßvater gefressen. Diese Gefräßigkeit verbitterte ihr Leben. Da sie so unglücklich ist, wie es der Familientradition entspricht, bleibt ihr wie ihrer Mutter, ihrer Großmutter, ihrer Urgroßmutter nichts anderes übrig, als den Idioten zu fressen, der sie zur Sünde verführt. In einer schuldbeladenen Sippe wiederholt jede Generation das Verbrechen der vorherigen Generation. Eine so große Schuld hat in ihr den Zwang entstehen lassen, um Vergebung zu bitten. Ihre andächtige Haltung ist nicht falsch, wie es bei wenig ehrlichen Tieren vorkommt: Die Gottesanbeterin, nur sie, verbringt ihr Leben auf den Knien und mit gefalteten Händen wie die Seligen.

Sie ist so weise wie fromm, sagen einige hier in der Umgebung. Da sie die Probleme verabscheut, welche die Liebe mit sich bringt, frisst sie ihre Liebhaber.

Man munkelt auch, dass die Erklärung des Festmahls nicht in ihren Schuldgefühlen liegt, sondern in der feinen Küche: Die Gottesanbeterin liebt das einzigartige Gericht.

35

Hundeträume

Es gibt kein behaartes Tier, das sich lustvoller kratzt als der Hund. Die weisen Tiere haben dies aufgrund genauer Beobachtungen bereits erklärt: Der Hund kratzt sich, um die Flöhe loszuwerden.
Ich bedaure, dass diejenigen irren, die so etwas behaupten; und ich bitte um die Gewogenheit meiner Hörer, wenn ich sie von ihren Vorurteilen befreie.

Die Hunde kratzen sich, um die bösen Gedanken zu verscheuchen. Nachdem sie sich gekratzt haben, sind sie ruhig und schlafen tief.

Aber manchmal schlafen sie schlecht. Ich weiß, was ich sage: Nachdem sie sich gekratzt haben, bestehen die schlimmsten Gedanken der Hunde darin zu glauben, der Mensch wäre ihr bester Freund. Deshalb murmeln sie vor sich hin.

37

Der übelgelaunte Truthahn

Ständig ist er übelgelaunt. Er fühlt sich hässlich, seine Stimme verscheucht das Gewürm und, um das Unglück vollzumachen, schmälert der Lappen am Gesicht seine Würde. Wie kann er sich anmaßen, den Pfau nachzuahmen, indem er seinen obszönen Schwanz ausbreitet? In den Krisen der Übellaunigkeit fragt er sich wütend: Wer kann mich lieben? Immer stehe ich abseits.

Glauben Sie das nicht (und damit erzähle ich Ihnen das Gerücht weiter), denn viele Tischgenossen, die übrigens keine hohen Anforderungen an die gute Küche stellen, lecken sich vor Genuss die Lippen, wenn sie ihre Zähne in sein Fleisch schlagen.

36

Die Freundschaft der Zecken

Die Zecken und die Kühe sind gute Freundinnen. Sie gehen gemeinsam spazieren, zeigen sich am Flüsschen, an den Nachmittagen treiben sie ausgelassene Spiele unter dem breit gefächerten Laubwerk der Eiche, wo sie eine kühle Brise erfrischt.

Es wäre der Mühe wert, immer so zu leben, wenn es nicht ein unangenehmes Detail gäbe, das im ganzen Tierreich bekannt ist: Den Zecken missfällt die Freundschaft der Kühe mit diesen hungrigen hässlichen Vögeln, die sich auf deren Rücken setzen und überall picken. Wenn sie vor Eifersucht sterben, haben sie nicht einmal Zeit zu protestieren.

38

Der goldene Hahn

Nachdem er mit seinem dritten Krähen den Glanz der Morgendämmerung begrüßt hatte, spazierte der Hahn auf dem Hühnerhof herum und zeigte seinen goldenen Schwanz, den schönsten der Welt, stolz und von sich eingenommen, bis eines Tages die Sperber kamen und weder den goldenen Hahn noch seine Bewunderinnen verschonten.

39

Der singende Frosch

Der Frosch sang nächtelang, um das Weibchen eines Maulwurfs zu verführen.

So erzählten es einige Tiere, welche die üble Nachrede liebten. Aber es waren keine Gerüchte.

Die weisen Tiere konnten eine Tatsache überprüfen: Jenes Weibchen konnte sich nur deshalb in den Frosch verlieben, weil es blind war.

40

Der bescheidene Kater

Der Kater öffnete niemals den Mund. Um die Wahrheit zu sagen, beschränkte er sich darauf, ein wenig zu miauen und seinen Schwanz verdrießlich zu bewegen. Da er von aller Welt schlecht dachte, war sein Schnurren nur ein feindliches Murmeln. Von den Pakas hatte er nur die schlechteste Meinung – vor allem, wenn es darum ging, sie zu erwischen – und nannte sie Füchsinnen. Die Hunde hielt er für des Tierreichs unwürdig; die Gürteltiere für lächerlich; die Eidechsen für verräterisch; die Fliegen für unnütz. Von den Adlern behauptete er, sie hielten sich für Götter, seien aber nur gefiederte Vampire. Die Affen verabscheute er als Exhibitionisten. Die Hyänen betrachtete er als grotesk; die Eulen als schwermütig. Die Schweine schienen ihm dumm und noch dümmer die Hähne, die einander töteten, um am Nachmittag andere Tiere zu unterhalten, die noch idiotischer als sie waren. Außer seinen Vettern, den Jaguaren, den bengalischen Tigern und den Löwen, verdiente niemand Respekt.

Ich hingegen, sagte er sich resigniert, habe keine Fehler: Nicht einmal bescheiden bin ich.

Die falsche Katze

„Ermüdet es dich nicht, rastlos die Flügel zu schlagen?", fragte die Katze den Kolibri.

„Nein", antwortete dieser, „nein, solange ich weit weg von deinen Krallen bleibe."

42

Die Fliegen

Die Fliegen schwirren umher und kreisen ohne Unterlass, indem sie Achten in die Luft zeichnen. Es bezaubert sie, sich diesen abendlichen Ausflügen hinzugeben, wenn die Hitze nachlässt und das Licht sie von der Seite beleuchtet. Sie haben Recht, die Vollkommenheit ihres Fluges zu zeigen, sie rufen aber auch Neid untereinander hervor, wie einige in der Nachbarschaft erzählen, und beschämen diejenigen tief, die aus irgendeinem Grund von den Kurven abweichen. Der Genuss, in so vollkommener Form zu fliegen, ist so unendlich und so unermesslich, dass sie fliegen, bis sie sterben.

43

Die Wachtel, die zählen konnte

Als die Wachtel ein Nest mit Eiern im Dickicht sah, bildete sie sich ein, dass es der Schlange, da diese nicht zählen konnte, gleich sein würde, wenn sie einige davon fräße. Aus diesem für gewisse Tiere so unschicklichen Grund erlaubte sie sich, ihre Kenntnisse in Arithmetik anzuwenden, während sie die Eier mit Schnabelhieben traktierte und sich den Kropf füllte: eins, zwei, drei vier ...

Die Schlange umwand sie mit ihrem kalten Körper, bevor sie sie verschlang. Sie war so dumm, dass sie nur bis eins zählen konnte.

44

Der Engel des Hühnerstalls

Die Hühner warten auf der Leiter, um in den Hühnerstall hinaufzusteigen. Die erste, die mit dem braunen Hals, ist stehen geblieben: Hinten beim Lattenzaun steht ein schöner Hahn mit glänzenden Augen und seidigen Federn. In der Morgendämmerung hatte sie ihn singen hören: Wie sollte man sich nicht vor seinem goldenen Schnabel hinwerfen? Ohne viel nachzudenken, aber ihn immer ansehend, sagte sie zu der, die ihr in der Reihe folgte:

„Wie schön er ist! Ich habe die Engel nicht gekannt."

Eine andere mit nacktem Hals, die ein wenig weiter hinten ging, antwortet ihr:
„Es ist kein Engel, nur ein Hahn, fürchte dich nicht."

„Wenn er so schön ist und so gut singt, muss er ein Engel sein", antwortete sie verzückt und war ihm zu Willen.

45

Das Huhn mit den goldenen Eiern

„Es gibt keine goldenen Eier. Niemand fällt es ein, sie zu legen."

Eine Glucke, ganz glücklich über die Pläne, die sie in ihrem Kopf spann und die ihr zum Prahlen dienten, sagte es überall.

„Nirgends gibt es goldene Eier", gackerte sie, „außer in meinem Nest. In einigen Tagen werdet ihr sie schon sehen: Sie werden aus Gold sein, aus reinem Gold, innen und außen. Ich werde sie legen und meine Töchter werden auch goldene Eier legen."

Von sich überzeugt, redete die Glucke auf diese Weise weiterhin zu jedermann, bis zu dem Tag, als eine würdelose Hand ihr den Hals umdrehte und sie nicht in Gold, sondern in Hühnersuppe verwandelte.

Animal sapiens

46

Die lange Schere der Krabbe

Warum ist bei den Krabben eine Schere länger als die andere?

Vielleicht, weil sie sich seitwärts fortbewegen? Oder, weil sie damit ihre Feinde verscheuchen, indem sie diese glauben machen, dass sie größer sind als in Wirklichkeit?

Man sagt, dass die Erklärung ganz einfach ist.

Die Krabben leben in ständiger Gefahr. Wenn sie sich sonnen oder in der Gegend umherstreifen, wirft sie die tödliche Gewalt der Wellen gegen die Felsen. Im Sand sterben sie von Schnabelhieben zerhackt und werden ruhmlos hinuntergeschluckt.

Da sie von Anbeginn der Zeiten wussten, dass ihr Leben ein ewiges Risiko sein würde, gewöhnten sie sich an, mit der rechten Hand Lebewohl zu sagen. Sie verabschieden sich so oft und tun dies immer wieder mit solchem Eifer, seit diese Gewohnheit vor tausend Generationen angenommen wurde, dass durch die Anstrengung und damit ihre Geste besser bemerkt würde, die Schere des Lebewohls wuchs, zum Nachteil der anderen, die nur dazu diente, die Tränen zu trocknen, während sie den Weg des Vergessens beschritten.

Deshalb haben die Krabben eine lange und eine kurze Schere.

47

Der Truthahn und die Brieftaube

Der Truthahn bewunderte die Brieftauben. Aber er hasste sie auch, weil ihr lächerliches und unaufhörliches Gurren ihn aus dem Häuschen brachte. Er bewunderte sie wegen ihres im Tierreich einzigartigen Talents: Niemand war geeigneter als sie, Gerüchte von einem Ort zum anderen zu tragen.

Die Tauben ihrerseits fühlten sich diesem Tier gegenüber unbehaglich. Der Truthahn verbrachte seine Zeit nicht nur damit, sie dumm anzusehen, sondern überfiel sie auch mit seinem lächerlichen Gesang. Friede ist notwendig im Leben der Tauben, denn sie müssen sich die Gerüchte fehlerfrei ins Gedächtnis einprägen, die sie von einem Winkel zum anderen bringen müssen.

Um den Streit zu erledigen, wählten die Tauben eine wenig skandalöse Methode, für die sie niemand beschuldigen würde. Auf freundliche Art lehrten sie ihn, Botschaften zu überbringen; aber der Truthahn lernte nur eine, die einzig wichtige in seinem Leben, die er zu seinem Unglück verstand, als es zu spät war zu bereuen. Die Botschaft lautete: Falls Sie für das Fest einen Truthahn brauchen, stehe ich zu Ihren Diensten.

48

Ein besseres Tier gibt es nicht

Als es dieses dort traf, konnte es sich nicht zurückhalten, es betrachtete dieses aus den Augenwinkeln, verscheuchte die Fliegen mit dem Schwanz und begann gegen dieses zu murmeln. Was für schreckliche Höcker, sagte es, wie lächerlich es ist, noch nie habe ich eine so unverschämte Gelassenheit gesehen.

Das Pferd, das die Welt, der Dämon und der Hochmut glauben ließen, dass es kein schöneres Tier gäbe, spottete und wieherte vor Freude. Hätte es sich auf den Boden werfen und lachen können, hätte es dies getan, aber solche Gemütsäußerungen sind der Pferde unwürdig - sogar den dümmsten Landsleuten des Reiches gegenüber.

Das Kamel sah es nur an, sonst tat es nichts. Es musste sich keinem unwichtigen Streitgespräch aussetzen. Es zog es vor, das Pferd zu einem langen Ausflug durch die Wüste einzuladen.

49

Die arglistige Schlange

Die Tiere glauben jede Geschichte, die man ihnen erzählt. Sie glauben zum Beispiel, dass sie weise werden, wenn sie die Frucht vom Baum der Erkenntnis des Guten und des Bösen essen, die ihnen eine in dessen Ästen hängende Schlange anbietet. Ich habe diese Geschichte im ganzen Reich verbreitet. Die Wahrheit ist eine andere, Sie können mir glauben. Wenn ich Hunger habe, helfe ich mir heraus, indem ich irgendeinen Trick erfinde, um meine Beute anzulocken und meine Fangzähne in sie zu schlagen.

50

Der Cuyeo*

Im Vaterland der Tiere lebt ein Nachtvogel, der die Gelehrten verwirrt: Sie nennen ihn Cuyeo.

Jede Nacht springt der Cuyeo den Menschen in den Weg und lässt sich verfolgen, als ob er leichte Beute wäre. Beim Gesang sagt er, eine traurige Melodie singend, seinen Namen. Seine Flucht und seine Stimme faszinieren: Wer ihn verfolgt, verirrt sich, ihm bezaubert nachlaufend, in der Nach. Wir Eulen sind intelligenter. Wir müssen niemanden täuschen, um glücklich zu sein.

*Der Pauraque, eine Art Nachtschwalbe, A.d.Ü.

51

Warum die Kühe wiederkäuen

Nur die Weisen, die Kühe und die gelehrten Tiere käuen wieder. Dies bekräftigen alle im Reich ohne den geringsten Zweifel. Die gelehrten Tiere ihrerseits argumentieren, dass die Kühe so geistlos sind, dass sie nur wiederkäuend die Zeit totschlagen können. Die Weisen ziehen es vor, Ideen wiederzukäuen und zu schweigen, damit man sie nicht für impertinent hält, wenn sie reden. Die Kühe haben eine andere Vorstellung von dem, was sie tun, ohne die Weisen und die Klatschmäuler zu benötigen: Sie käuen wieder, weil sie Lust dazu haben.

All dies ist falsch.

Wir Stiere kennen die unwillkommene Wahrheit: Die Kühe käuen wieder, um uns ihre Gleichgültigkeit zu zeigen.

52

Die müßige Zikade

Man erzählt eine Fabel: Die Wissenden sagen, dass eine Zikade sang, als sich ihr eine Ameise näherte und zu ihr sagte:

„Freundin, es ist Zeit, dich vorzubereiten; der Winter kommt bald; du kannst die Zeit nicht mit Nichtstun vergeuden."

Die Zikade antwortete ihr und ihre Stimme war wieder Gesang, der durch die Welt schweifte: „Dank meinem Gesang vergisst du die Mühen des Sommers; und du solltest mich als Gegenleistung im Winter für das Glück belohnen, das ich dir jetzt schenke."

Die Wissenden sagen, dass die Geschichte anders verläuft:

Im Sommer sang die Zikade, und die Tierwelt, die Ameisen, die Bienen, die Biber und andere Tiere der Erde ergötzten sich an ihrem Gesang. So war es immer, wie man sagt. Während die Ameisen die Erde zerbröckelten und Blätter herbei brachten, erfüllte die Zikade die Welt mit Sehnsucht. Die Ameisen hörten zu.

Eines Tages verlor die Zikade die Geduld und sagte zu einer Ameise:

„Warum singst du nicht?"

„Und du", antwortete die Ameise, „warum bereitest du dich nicht auf den Winter vor?"

„Ich singe", sagte die Zikade, „um die Angst zu verscheuchen vor dem Winter, der mich erwartet."

53

Warum die Spinnen weben

Die Spinnen weben, weil sie es tun müssen. Wonach könnten sie streben, wenn ihnen dies das Schicksal bestimmt, das im Allgemeinen starrköpfig ist? Da sie gesetzestreu sind, wie es das Gerücht im Tierreich weiß, konstruieren die Spinnen ihre Gewebe nach einer unveränderlichen Ordnung und Zeichnung.

Aber nicht alles ist Wiederholung. Sie kennen auch das Glück, wenn der Morgen dämmert. Zu dieser Stunde halten die Tautropfen die Sonnenstrahlen fest und die silbernen Fäden verwandeln sich in Feuer.

Die Spinnen sind so geschickt, dass sie einen noch wichtigeren Grund gefunden haben, um so schöne Gewebe zu bauen. Sie leben auf ihnen und lauern stundenlang, um die unaufmerksamen Tiere zu fangen, die ihr Festmahl sind.

54

Der Leuchtkäfer

„Ich habe Feuer in der Brust, ich beleuchte die Erde. Du trägst Laternen und erhellst die Himmel", sagte der Wurm nach oben blickend zum Leuchtkäfer. „Machen wir zusammen einen Scheiterhaufen, damit die Himmel und die Erde in einem großen Feuer glücklicher Tiere brennen."

„Schweige und sieh mich mit Melancholie an, Unvernünftiger, denn ich kann mich weder an die Erde noch an deine Glut binden", antwortete der Leuchtkäfer und flog frei und hell den Sternen entgegen.

55

Der Kaktus und die Igelin

Es wird erzählt, dass sich eine Igelin in einen Kaktus verliebte, der so aufrecht war, wie sie noch keinen in ihrem Leben gefunden hatte. Aber das war eine unbesonnene Regung. Das Unbequeme dieser Liebe sind weder die Kälte noch die Gleichgültigkeit der Pflanze, die im Allgemeinen mit dem Feuer der Liebeskrankheit unvereinbar sind. Ja, unbesonnen, denn wer kann zur Spitze des Kaktus hinaufklettern, die sich so klar gegen den Himmel abzeichnet? Derjenige, der es versucht, muss den dornigen Stamm umarmen, sich den Bauch an den Dornen aufreißen und in dem Augenblick sterben, in dem er das Objekt der Begierde erreicht.

Angesichts des Albtraums von der Vorstellung ihres Blutes, das den begehrenswerten Körper befleckt, beschloss die Igelin, auf die Liebe zu verzichten.

57

Lasterhafte Hunde

Die Hunde zeichnen sich durch ihre schlechten Gewohnheiten aus: Wer hat nicht gesehen, wie sie sich beschnüffeln? Bevor sie sich hinlegen, drehen sie sich herum, bis sie die bequemste Form gefunden haben. Sie bellen die an, die sie nicht wiedererkennen, wie eine antike Geistesleuchte behauptete, der man den Glauben zuschreibt, dass niemand zweimal in demselben Fluss badet, nicht einmal die lasterhaften Hunde. Andere geben vor, dass sie so treu sind wie kein anderes Tier. Wenn sie sich angeblickt fühlen, machen sie Faxen, indem sie sich herumwälzen oder in der Sonne ausstrecken wie eitle Könige. Manche beißen heimtückisch zu. Die Mehrheit beschränkt sich darauf, knurrend die Zähne zu zeigen. Die Feiglinge rotten sich zusammen, um ihre Drohungen zu steigern und gegebenenfalls im Rudel die Fangzähne in das Opfer zu schlagen. Sie sind so schamlos, dass sie überall urinieren.

Ihr von niemandem erwähntes schlimmstes Laster ist, dass sich die Hunde dem Meistbietenden verkaufen. Geben Sie ihnen einen Knochen und Sie werden sehen, wie sie sich würdelos darauf stürzen. Ich, der Kater, der ich niemandes Feind bin, ergötze mich daran, es publik zu machen.

58

Das Wiederkäuen des Stieres

Wissen Sie, warum der Stier zornig wird? Die Ursache ist sehr einfach, die einfachste im Volk der Tiere. Der Stier glaubt, dass er die Kühe wiederkäuend verführt. Die Kühe sehen ihn wiederkäuen und ahmen ihn nach. Wer sollte angesichts solcher Schmach nicht zornig werden?

59

Die Spur der Wegschnecken

Die Wegschnecken kennen das Glück nicht. Noch streben sie danach, glücklich zu sein. Sie sind so kalt und haben eine so schlechte Vorstellung von sich selbst, dass sie, wenn sie von einer Ecke zur anderen kriechen, eine glänzende Spur hinterlassen: Dank dieser weiß jeder, wo sie sich befinden und kann ihnen so ausweichen. Solcherart ist ihr Ruf oder zumindest die üble Nachrede, die ihren Lebenslauf verdüstert.

Da sie die bissigen Spötter nicht dulden, die so großen Einfluss auf die öffentliche Meinung ausüben, haben die gelehrten Tiere tiefschürfende Forschungen unternommen und haben, ihr Prestige riskierend, die Wahrheit gefunden: den Wegschnecken gefällt das Mysterium. Wenn sie geheime Orte durchziehen oder Labyrinthe betreten, hinterlassen sie sichtbare Spuren: so können sie zurückkehren.

60

Die kleine Ratte und die Fledermäuse

Wenn die kleine Ratte die Fledermäuse in der Nacht beobachtet, stellt sie sich vor, dass es Schutzengel sind.

Wenn die Fledermäuse die Ratten im Gestrüpp entdecken, denken sie, dass es gefallene Engel sind.

Wir Schlangen sind nicht so kompliziert und es ist uns egal, ob wir gefallene Engel oder Schutzengel fressen.

61

Unnütze Debatte über Krabben

Vor einigen Tagen begann eine Debatte unter den gelehrten Tieren: Geht die Krabbe seitwärts oder rückwärts? Die Debatte will keine Hommage an die reine Wissenschaft sein, die in keinem Reich existiert, sondern es ist eine Materie, in der es um Leben oder Tod geht, und ich werde Ihnen gleich sagen, warum. Viele Gelehrte behaupten, dass die Krabbe immer läuft, das heißt, dass sie nicht zwischen gehen und laufen unterscheidet. Seitwärts gehen ist schneller, als wenn sie rückwärtsginge, um vor ihren Feinden zu fliehen. Laut anderen Gelehrten kommt der Rückwärtslaufende seinen Verfolgern zuvor, da er noch vor der Verfolgung die Flucht ergreift.

Ich gestehe Ihnen ein Detail: Der Disput interessiert mich nicht und ich verstehe nicht, warum das Volk die Aufmerksamkeit durch törichte Fragen ablenkt, statt sich mit größerem Eifer den öffentlichen Angelegenheiten zuzuwenden. Meine persönlichen Gründe sind sehr einfach: Wir Möwen ernähren uns von Krabben und es ist uns gleich, ob sie sich seitwärts oder rückwärts fortbewegen, ob sie gehen oder laufen, ob sie ihr Unglück schmerzt oder nicht, denn wir fangen sie immer und sie sind eine Gaumenfreude.

62

Die traurige Raupe

Meine Damen und Herren: Ich möchte wissen, ob mein Schicksal gerecht ist. Helfen Sie mir, die Zweifel zu klären, und verzeihen Sie, dass ich Ihre Aufmerksamkeit fordere, die sonst so sehr damit beschäftigt ist, die Angelegenheiten des Reiches zu regeln.

Mit Ihrer Erlaubnis, werde ich mich also erklären. Sie kennen mich bereits: Ich bin klein, winzig. Ich weiß nicht, aufgrund welcher Absichten des Tierhimmels, der, ohne uns zu konsultieren, alle Dinge entscheidet, mir giftige Flaumhaare wachsen, die mich, da das Gift öffentlich bekannt ist, gegen meine Feinde verteidigen. Ich beklage mich nicht; ich bin vielmehr glücklich, da ich mich durch die Waffe, die der Gott der Raupen auf meinem Körper angebracht hat, geschützt fühle. Wer wagte es, mich zu berühren, ohne sein Leben zu riskieren?

Ich beklage mich nicht, aber es ist an der Zeit zu entscheiden, ob es Gerechtigkeit gibt oder nicht. Ich bin allein. Das Gift, das meine Feinde verscheucht, entfernt auch meine Freunde. Mir bleibt kein Ausweg als die Einsamkeit.

63

Der schnarchende Fisch

Alle Tiere schnarchen während des Schlafes. Unter ihnen tut dies nur ein Fisch außerhalb des Wassers, wie die gelehrten Tiere gut bewiesen haben. Es macht mir keine Freude, eine so seltsame Gewohnheit zu enthüllen: Wenn er an einem Angelhaken hängt, schläft er ein und schnarcht. Was für ein Tor! Oder vielleicht nicht. Dieser Fisch schnarcht nur, wenn er gefangen wird und den Tod erwartet. Er schläft ein und schnarcht, um den Schrecken zu verscheuchen.

64

Die Füchsin und die Umfragen

Eine Füchsin schickte sich an, Umfragen im Land der Tiere zu machen.

Zuerst ging sie zum Teich der Frösche und fragte sie, ob sie gerne springen. Natürlich befragte sie nicht alle, weil es tausend waren, die unermüdlich hüpften. Sie sprach mit elf von ihnen, sechs jungen und fünf alten, deren Auswahl dem Zufallsprinzip gehorchte. Eine minuziöse Tabellarisierung und komplexe mathematische Umrechnungen, um die wissenschaftliche Strenge zu gewährleisten, ergaben einen Prozentsatz von 90,9 der Bevölkerung, der sich für das Springen aussprach. Nur einer sagte nein, denn er war kreuzlahm und wollte sich nicht bewegen.

Dann ging die Füchsin zum Land der Schlangen und nahm ein Sample von zwanzig, die sie, die Schlangen überraschend, unter denen auswählte, die zusammengerollt im Gebüsch lagen, und denen, die mit ihrer neuen Haut prahlten. Die zwanzig sagten ihr, dass sie nicht gerne sprängen und dies nur im Notfall täten. Sie zögen es vor zu kriechen und lange Siestas zu halten, sogar unter der Woche.

Nun war die Umfrage schon umfangreicher, und obwohl die mathematische Berechnung komplex zu werden drohte, viel schwieriger als es im Tierreich üblich war, setze die Füchsin ihr Projekt fort und wählte dieses Mal einen bestimmten Strand mit Schildkröten nahe dem Fluss. Sie befragte fünfzehn von ihnen und das Ergebnis der Stichprobe überraschte sie, um ehrlich zu sein, nicht: 100% der Schildkröten sprachen sich gegen Sprünge aus.

Die Füchsin rieb sich die Hände vor Freude. Nach intensiver Arbeit in ihrem Bau, bei der sie sich lange Berechnungsverfahren und Kurven in Schwarz und Weiß vorstellte, zog sie den Schluss, dass nur eine kleine Minderheit der Tiere von 21,7% gerne sprang. Das war ein denkwürdiger Tag für die gelehrten Tiere.

„Ich habe eine wunderbare Kunst entdeckt", sagte sie sich, nicht ohne ein gewisses, kaum verheimlichtes Lächeln, während ihr das Wasser im Mund zusammenlief, als sie an Weintrauben dachte, die vielleicht eine andere Geschichte ergeben würden.

56

Das Krähen des Hahnes

Die Hähne krähen gewöhnlich in der Dämmerung, bevor die Sonne aufgeht.

Sie krähen nicht, weil sie sich berufen fühlen, den Tag mit ihrer Stimme einzuläuten, noch um die Schläfer zu stören und ihre Kraft zu zeigen. Niemand weiß, warum sie es tun.

Ich schon.

Wir Hähne krähen, um die Angst zu vertreiben. Die Machtausübung und die Verpflichtungen auf dem Hühnerhof entmutigen uns und in der Nacht verfolgt uns die Melancholie. Unser Krähen dient dazu, uns vor der Morgendämmerung Mut zu verleihen. Verstehen Sie, warum es so trostlos ist?

65

Der Neid

Ich beneide mich selbst, weil ich dich liebe, hörte die Gottesanbeterin ihren Geliebten kurz vor dem Hochzeitsmahl sagen. Und die antwortete ihm: Ich beneide mich, weil ich einen so guten Geschmack habe.

66

Traurige Zikaden

Die Zikaden zirpen, weil sie glücklich sind.

Man erzählt auch eine andere Geschichte: Es wird gesagt, das Zirpen der Zikaden sei das Flehen einer unmöglichen Liebe. Deshalb verlängert es sich bis zum Tod.

67

Die redseligen Hühner

Auf dem Bauernhof vergnügen sich drei redselige Hühner nach Herzenslust. Eine von ihnen fragt, welche Beziehung zwischen der Hyäne ohne Lächeln, dem schlafmützigen Fisch und dem Elefanten, der nicht springen konnte, besteht.

„Ich, ich", sagte die Glucke, „ich weiß es: Der Fisch träumt, dass der Elefant springt, um ihn nicht zu treten, und dass die Hyäne das Lächeln verliert, als sie sieht, dass er nicht zerdrückt wird."

„Das ist alles falsch", schreit das dritte Huhn, das seiner Sache ganz sicher ist, „der Elefant kann nicht springen und fällt auf den schlafenden Fisch."

„Nein", sagt wieder die Glucke, „der Fisch wacht auf, bevor ihn der Elefant zerdrückt, und schwimmt mit der Schwanzflosse wedelnd glücklich davon."

Die Lösung ist noch fröhlicher, weil die Hyäne ihr Lächeln wiedergewinnt, nachdem sie die drei redseligen Hühner gefressen hat.

68

Der störrische Esel

Ich bin nicht so klug wie sie, aber ich halte mich für befugt, ihnen zu widersprechen. Ich weiß nicht, warum die gelehrten Tiere mit so großer Sicherheit behaupten, dass der Esel störrisch sei, wenn dies auch so scheint. Die, welche so reden, sagen die Unwahrheit und verleumden ein Tier wie mich, ohne den geringsten Respekt vor der öffentlichen Meinung.

Nehmen Sie dies ein für alle Mal zur Kenntnis: Wir Esel sind nicht störrisch: Wenn wir uns weigern, einen Schritt zu tun, tun wir es, um unser Freiheitsrecht geltend zu machen.

69

Der böse Wolf

Man malt ihn so böse, und er weiß es nicht einmal. Würde der Wolf leiden? Würde ihm das Herz vor Kummer brechen, wenn zu seinen Ohren gelangte, was man von ihm erzählt?

Während die gelehrten Tiere über Dummheiten diskutieren und eine Antwort finden, folgen wir Kaninchen der weisen Regel, uns zu verstecken. Ehrlich gesagt, die Debatten über Wölfe interessieren uns nicht.

Habitat

70

Der Himmel und die Hölle

Die alten Affen, der Großvater und die Eltern meiner Großeltern sagen, dass sich jedes Tier den Himmel und die Hölle auf seine Weise vorstellt.

Die Vampire träumen von einer wunderbaren Höhle im Himmelreich, ohne böses Licht in ewige Nacht getaucht, wo Ziegen nach ihrer Lust und Laune Blut verströmen. Mit welchem Entsetzen stellen sie sich die Hölle vor: als hell erleuchteten Garten ihrer Albträume.

Die Flöhe sehnen sich nach einem Himmel, der von Hunden ohne Krallen bevölkert ist. Die Hunde hingegen sehen ein Höllenreich voller Flöhe voraus.

Die Fliegen zittern vor einer ewigen Spinnwebe, während die Spinnen nur appetitliche Fliegen im Himmel sehen.

Wie unwissend ist das Tierreich! Jeder irrt auf seine Weise. Ich werde Ihnen die Wahrheit sagen: Der Himmel besteht darin, mit seinen Artgenossen zu leben. Und die Hölle auch. Wir Skorpione wissen das.

Das Zebra und die Giraffe

Es waren einmal eine Giraffe und ein Zebra. Die Giraffe und das Zebra weideten zusammen und teilten die Wiese, die Bäche und den Schatten der Bäume.

Das Zebra pflegte sich über die Giraffe lustig zu machen:

„Du hast einen riesigen und hässlichen Hals", sagte es zu ihr.

Von ihrer Höhe herab hörte die Giraffe zu und schwieg.
Die Tage vergingen und das Zebra und die Giraffe teilten das Gras.

Das Zebra wiederholte:
„Du hast einen riesigen und hässlichen Hals."
Die Giraffe schwieg und die Tage vergingen, bis eines Sommers die Dürre kam und das Gras verwelkte. Das Zebra begann abzumagern und, unter Schmerzen sein Unglück beweinend, begriff es die Schönheit des riesigen und hässlichen Halses der Giraffe, während es sie die zarten Blätter der Bäume kauen sah.

72

Die Gans und die Auster

Die gelehrten Tiere haben sehr merkwürdige Ideen. Sie sagen, dass die Träume dazu dienen, das Glück zu suchen, selbst wenn dieses flüchtig und immateriell sei. Da ich mich verpflichtet habe, in meinen Chroniken ehrlich zu sein, werde ich die Wahrheit sagen, aber nicht einfach so ohne Einzelheiten, sondern, indem ich die Träume der Auster und der Gans erzähle.

Die Gans träumt, eine Auster zu sein, dass sie nicht bis zur Übersättigung gestopft wird und ihr nicht die Leber entnommen wird, um die Satten zu ergötzen. Die Austern leben auf dem Meeresgrund, sagt sich die Gans, wo niemand hinkommt, um sie zu quälen.

Die Auster hingegen träumt, eine Gans zu sein, denn die Gänse produzieren keine Perlen und in dem Land, wo sie leben, gibt es niemanden, der ihnen große Steine in den Bauch einführt, die so schmerzhaft und durch keinen glaubwürdigen Grund zu rechtfertigen sind.

Jede möchte ihrem Schicksal entfliehen, indem sie von dem eitlen Glück der anderen träumt.

Armer Floh

Gestern fragte ich mich, warum die Flöhe lange Beine haben.

Nun denn, sagte ich mir, die langen Beine dienen ihnen zum Springen.

Dann fragte ich mich: Warum springen die Flöhe?
Jeder kann eine so dumme Frage beantworten: Die Flöhe springen, um sich vor den Krallen zu retten, wenn sich die Hunde kratzen.

Wenn diese Wahrheit einmal feststeht, muss man sagen, was alle Welt weiß: Die Flöhe springen gern. Springend vergnügen sie sich und vermeiden den Tod.

Ich hingegen verkrieche mich zwischen den dichten Haaren und ernähre mich vorsichtig, zumal ich nicht springen kann und mich Leibesübungen von so schlechtem Geschmack nicht anziehen.
So dachte die Laus, als sie den Floh, ihren Nachbarn, beobachtete und ihn bemitleidete.

74

Der Betrug und die Lüge

Sehr geehrte Ratsherren,
ich schreibe Ihnen, um eine Beratung zu erbitten über einen Zweifel, der mich seit langer Zeit um den Schlaf bringt.

Gestatten Sie mir, zuerst zu sagen, dass ich ein ehrlicher Bürger bin. Als solchen ehrt mich ein guter Lebenswandel immer treu den Gesetzen des Tierreichs. Wie unwürdig unserer Werte pflegen die Lüge und der Betrug zu sein, wie treiben sie die Welt in das Chaos. Meine Herren, in ihnen zeigt sich das radikale Böse, wenn sie mir erlauben, es so zu nennen. Der Ursprung dieser Krise, die das Gebäude der öffentlichen Moral einreißt, verdient keine andere Bezeichnung. Kurz und gut: Ich gebe zu, dass man den Betrug verbieten soll, und dennoch liegt der Betrug in meiner Natur. Klarer kann ich es nicht ausdrücken: Ich überlebe dank der Lüge.

Obwohl es nach Unbescheidenheit klingt, halte ich es für selbstverständlich, dass Sie mich kennen. Wer hat nicht meine Gewohnheit bemerkt, die Farben zu ändern, wenn ich den Ort wechsle? Verstehen Sie mich recht, meine Herren, und ich bitte Sie, die Lektüre dieses Briefes nicht abzubrechen, bevor Sie ihn ganz gelesen haben, auch wenn es Ihnen als Verschwendung nützlicher Zeit erscheinen mag, die Aufmerksamkeit auf so banale Angelegenheiten zu konzentrieren. Ich bin sicher, dass Sie es mir danken werden, wenn ich es schaffe, mich zu erklären: Wenn ich auf der Rinde eines Baumes ruhe, bin ich von brauner Farbe; diejenigen, die es schaffen, mich zwischen den Dingen zu erkennen, werden, wenn sie die Augen sehr anstrengen, zwischen dem Laub grüne oder erdfarbene Haut sehen; manchmal zeichne ich mich gegen den dunklen Himmel ab oder wetteifere mit der düsteren Farbe der Nacht. Wie gesagt wird, gehorchen diese Veränderungen des Körpers einem Zufall der Natur, der mich dazu bestimmt, die Beobachter zu verwirren. Da viele von ihnen Hunger haben, würden sie mich zweifellos, lebendig fressen.

Wie kann ich, leidendes Chamäleon, die Bosheit vermeiden, wenn ich dank ihrer überlebe? Das Schlimmste an diesem Unbehagen, das, was mich am meisten verwirrt, ist die unermessliche Macht, welche die Lüge als Lebensform verleiht. Helfen Sie mir, die Zweifel zu zerstreuen, die mich an den Rand der Hoffnungslosigkeit bringen!

75

Die Hyäne und das Krokodil

Es gibt auf der Erde keine spöttischeren Tiere als die Hyänen. Sie sind so spaßig, dass sie die Kunst des Lachens lernten, als sie das Krokodil weinen sahen. Mit diesem Gesicht konnte sein Weinen niemanden täuschen. Das Krokodil seinerseits bedauerte höchst intelligent jene Tiere, die wie Verrückte lachen, ohne zu wissen, warum.

So sprach der Elefant, als er dort umherstreifte und versuchte zu verstehen, warum die einen lachten und das andere weinte. Als er diese lügnerische Theorie seinen Freunden erzählte, wuchs ihm die Nase bis zum Boden.

Seitdem fühlte das Krokodil Mitleid mit seinem Freund, dem Elefanten mit der langen Nase, und weinte; und die Hyänen platzten vor Lachen über eine so lächerliche Geschichte.

76

Der Schritt der Raupe

Wenn sie über die Blätter spaziert, macht die Raupe keinen Schritt rückwärts. Alle haben gesehen, wie sie auf dem Feigenbaum den Rücken krümmt. Sie ist einzigartig auf der Welt: Sie hat vorn sechs Beinchen unter dem Kopf und vier falsche Beine mit Saugnäpfen am hinteren Ende. Die Härchen auf dem Rücken sind unberührbar, denn wer sie zu berühren wagt, riskiert sich zu vergiften. Dieses ganz besondere Tier, das von den Vögeln verabscheut wird, bewegt sich fort, indem es den Körper mit abgemessenen Schritten streckt und zusammenzieht.

Die Erklärung dieser Form der Fortbewegung ist elementar. Da die Raupe Löcher in den Blättern hinterlässt, die sie mit ihren Kiefern kaut, riskiert sie zu fallen. Deshalb macht sie nie einen Schritt rückwärts.

77

Die ruhigen Hunde

Warum schlafen die Hunde immer in demselben Winkel? Die Frage ist falsch. Ich werde Ihnen den Grund dafür sagen: Obwohl sie ständig zusammengerollt sind, schlafen sie nicht immer. Auch wenn dies so ist, erkenne ich eine Wahrheit in dieser so unnützen Angelegenheit an: Die Hunde sind nur dann ruhig, wenn sie in ihrem gewohnten Winkel liegen.

Der Bambus und der Stieglitz

„Warum beneidest du die Vögel", fragte der Stieglitz den Bambus, nachdem er ihn hatte rascheln hören.

„Wer könnte ihnen folgen?", sagte er: „Sie kennen die unermessliche Weite, sie sind schneller als der Wind."

Der Stieglitz, der auf dem höchsten Punkt der Hecke sang, sagte zu ihm:

„Du brauchst nichts zu beneiden, du Dummkopf. Wenn der Wind dich bewegt, ist dein Rhythmus so vergnüglich wie das blühende Röhricht. Freue dich an deinem Körper, der den Himmel mit seinen Blättern streichelt; die Vögel suchen dich nur um des Vergnügens willen auf, ihn zu berühren.

79

Warum die Krokodile weinen

Die Krokodile sind hässlich, abstoßend und unglücklich und weinen ihr ganzes Leben lang. Als Tiere müssen sie sich schließlich und endlich ernähren und deshalb liegen sie auf der Lauer und springen auf alles, was sich im Dickicht bewegt, und verschlingen es.

Man sagt, dass diese Reptile weinen, weil sie Tiere fressen müssen, die schöner sind als sie.
Aber die, die so reden, lügen.

Die Krokodile weinen aus einem anderen Grund, den ich noch heute der Öffentlichkeit zur Kenntnis bringen werde. Einer ihrer Vorfahren, ein notorischer Exhibitionist, begründete die schamlose Gewohnheit, seinen Gefährtinnen außerhalb des Wassers den Hof zu machen, als wären sie primitive Tiere. Seit dieser Zeit lieben sie sich unter freiem Himmel vor dem Volk der Tiere.

Weder ihre Hässlichkeit bringt sie zum Weinen, noch dass sie andere im Schlamm fressen müssen;

nein, die Krokodile schämen sich wegen des Skandals, sich vor den Augen der Öffentlichkeit zu lieben, und deshalb weinen sie, noch bevor sie sich verlieben. Wie gern würden sie den Dummkopf zermalmen, der die Erbsünde erfunden hat.

80

Die undankbaren Hunde

Warum sind die Hunde so böse zu den Flöhen? Urteilen Sie selbst: Wenn sie sich kratzen, beenden die Flöhe ihr Leben zwischen ihren Zähnen oder fallen, wenn sie Glück haben, übel zugerichtet auf den Boden.

Die Flöhe sind dennoch Wohltäter: Wenn sich die Hunde ihretwegen kratzen, fördern sie den Blutkreislauf, beseitigen schlechte Haare und altes Gewebe. Durch die körperliche Betätigung vermindern sie die Spannungen, die durch das Herumschnüffeln verursacht werden. Es erübrigt sich zu erwähnen, dass diese Bewegungen Kraft und Freude zur Schau stellen.

Nach vielen Besprechungen, Analysen und ernsten Diskussionen zogen die gelehrten Tiere den Schluss, dass die Hunde auf diese Weise die Flöhe angreifen, weil die großen Idioten nicht wissen, was sie tun.

81

Das unmögliche Labyrinth

Wenn sie das Holz zernagen, um sich zu ernähren, graben die Termiten im Dunkeln Labyrinthe. Manchmal verlieren sie die Orientierung. Aber was schert es sie, sich zu verirren, wenn sie beim Fressen die Ausgänge bauen?

82

Das glückliche Schwein

Alle sagen, dass mich das schmutzige Wasser mit Wonne erfüllt. Glauben Sie das nicht, es gefällt mir nicht, aber ich fühle mich glücklich, wenn ich mich darin wälze, um mir diesen unerträglichen Gestank abzuwaschen, der es mir nicht erlaubt, unbemerkt vorüberzugehen.

83

Der Gesang der Nachtigall

Trotz der Lieblichkeit ihres Gesanges leidet die Nachtigall unter großen Krisen der Unsicherheit. Wenn sie singt, weiß sie nicht, ob sie die Strahlen der Morgendämmerung begrüßt oder die Nacht beklagt, die sich ihrem Ende nähert.

Die Wahrheit sieht anders aus, Sie können es mir glauben: Die Nachtigall singt, um die Angst vor der Finsternis zu besiegen.

Relativitätstheorie

84

Der Kolibri und die Katze

Die eitle Katze sieht den Kolibri auf der anderen Seite des Glases unverwandt an. Sie sieht gerne zum Fenster hinaus, um die Zeit zu verschleudern, aber heute ist sie überzeugt, dass sie sich in einem Spiegel reflektiert. Der Kolibri hält in der Luft an und sieht auch auf sie; niemand weiß, ob ihn die Schönheit oder der Schrecken fasziniert. Die Katze, unglücklich, weil sie sich so entsetzlich und verkleinert sieht, springt auf ihr Abbild.

„Wie seltsam", sagte sich der Kolibri, „als er die Katze zwischen zerbrochenem Glas fallen sah, „ich dachte, es wäre mein Spiegelbild."

85

Der Käfer

Haben Sie gehört, was man überall erzählt? Es wird gesagt, dass der Käfer den Kolibri nachahmt, um zu fliegen. Dummes Zeug! Der Kolibri ist zart. Er ist nicht bewundernswert. Wir Käfer hingegen sind so stark und starrköpfig, dass wir uns fähig fühlen, die Dinge niederzureißen, wenn wir mit dem Kopf gegen sie stoßen, sogar vom ersten Flug an.

86

Was das Tier nicht versteht

Seit dem Jünglingsalter bin ich von Beruf hässlich. Früher nicht. Als Baby gewann ich Schönheitswettbewerbe. Jetzt interessiert man sich für mich nur, weil ich dick bin. Die Wahrheit ist, dass ich nicht verstehe, was uns Truthähnen zustößt.

87

Der traurige Yigüirro*

Der Yigüirro lässt alle Tiere seufzen, die sanftesten und die rüdesten. Er weiß es, er hört es oft ihm Tierreich sagen. Aber er, der die Tierwelt begeistert, inspiriert niemanden. Sein Lied ist eine Klage.

*Die Gilb- oder Schlichtdrossel ist der Nationalvogel Costa Ricas, A.d.Ü.

88

Die Langsamkeit der Schildkröten

Warum sind die Schildkröten so langsam? Die Frage ist falsch. Die Schildkröten sind nicht langsam; sie sind faul. Da sie während ihres langen Lebens die Ozeane durchqueren müssen, schwimmen sie langsam, schläfrig, sich von den Strömungen treiben lassend, die Gedanken auf die Strecke gerichtet, die sie noch zurücklegen müssen.

Die gelehrten Tiere haben eine neue Theorie in Betracht gezogen, die deren Persönlichkeit weniger herabwürdigt. Sie sagen, dass die Schildkröten so langsam sind, wie man sie jetzt kennt, weil es ihnen sehr schwer fällt, sich im Müll der Meere zu orientieren.

89

Die Nacktschnecke und die Weinbergschnecke

Die Nacktschnecke und die Weinbergschnecke begegneten einander vor dem Spiegel. Jede sah das Spiegelbild der anderen.

Die Nacktschnecke dachte: Was für ein lächerliches Tier mit diesem Gerät auf dem Rücken.

Die Weinbergschnecke sagte sich: Mein Körper stößt mich ab, wenn ich nackt bin.

90

Die Eidechse und die Moskitos

Die Eidechse verbringt den Nachmittag Moskitos fressend am Teich. Das Krokodil bewundert die Eleganz, mit der sie die Zunge ausstreckt, um sie zu fangen, so sehr, dass es sich in sie verliebt hat. Vielleicht weint es, weil es sie trotz seiner Liebe fressen muss.

Als die Hyäne das sah, begann sie zu lachen und lacht bis heute.

So erzählen es die Sittiche, die sehr zur Klatscherei neigen. Aber glauben Sie ihnen nicht. Uns Moskitos demütigt es, dass man so dumme Geschichten erfindet.

91

O widerwärtige Gewohnheiten

Ach, die Adler: was für stolze Tiere, wie sie mir missfallen, ich gebe es zu. Sie fliegen so hoch, dass niemand sich an ihrem Federkleid erfreut, noch an der Eleganz ihres Fluges; sie neigen auch nicht den Kopf, um mit den Sterblichen zu reden. Kennen Sie ihre tückischen Gewohnheiten? Wie oft habe ich gesehen, wie sie im Sturzflug auf einen unglücklichen Untertan des Reiches stießen, den sie mit ihren scharfen Klauen durchbohren; sie zerstückeln ihn mit Schnabelhieben auf den Klippen (schauen Sie sich die Blutflecken an) und teilen die Stücke mit ihren Jungen. Wie eklig ist das lauwarme Fleisch, o widerwärtige Gewohnheiten.

Wir Mistkäfer haben ehrbarere Sitten.

92

Der Jaguar

Man sagt, er sei wild, blutrünstig, unerschütterlich. Die Tiere fürchten ihn. Wenn es im Dickicht knackt, ist er es: nur der Jaguar geht so leisen Schrittes. Wenn sie ihn erspähen, fliehen die Wildschweine, die Vögel, der Ameisenbär, der Nasenbär, das Tierreich erzittert und selbst die Schlangen verkriechen sich im trockenen Laub. Der Jaguar lebt von Legenden.

Aber glauben Sie den Verleumdern nicht, die so sehr dazu neigen, absurde Geschichten zu erfinden. Was die Dummköpfe behaupten, ist falsch. Ich bin gefühlvoll, heiter, zärtlich. Wenn es Ihnen schwerfällt, mir zu glauben, sprechen Sie mit meinen Jungen. Wahrlich ich sage Ihnen: Beschuldigen Sie mich nicht, weil ich so spontan bin. Wenn ich Hunger habe, zerreiße ich meine Beute. Das ist alles.

93

Die beobachteten Beobachter

Wie es mir gefällt, diese idiotischen Gesichter auf der anderen Seite zu sehen. Ich kann meine Gefühle nicht verbergen. Ich liebe die Neugier, die sie befällt: Sie machen die Augen weit auf, die Kinnlade fällt ihnen herunter, sie entspannen die Wangen und manchmal kratzen sie sich zerstreut am Hals. Es ist keine Überraschung, sie ungebildete Kommentare machen zu hören, wobei sie mit dem Finger auf mich zeigen. Seit sie mich hier eingesperrt haben, fasziniert es mich, meine Beobachter zu beobachten. Sie sagen, dass ich etwas Besonderes bin, noch nie hat es auf der Welt einen weißen Schimpansen gegeben. Es ist mir egal, was sie denken. Ehrlich gesagt, ich wage es nicht, über diese Materie, die anscheinend mich betrifft, eine Meinung zu äußern.

94

Das engelgleiche Tier

Der Kater blickt nach oben, liebevoll wie die Seligen. Er bewegt sich nicht, schnurrt. Er ist von dem engelgleichen Tier fasziniert, das ihn von oben beobachtet.

Die Taube weiß aber, dass der Kater sie nur fressen will.

95

Das Glühwürmchen

Wenn das Glühwürmchen die Sternbilder über seinem Kopf sieht, sagt es sich: So viele Leuchtkäfer und in so weiter Ferne.

96

Das Gedächtnis der Fliege

Die Fliege kehrt immer an den tödlichen Ort zurück, wo der Stier den Schwanz schwingt, weil sie alles vergisst. Sie erinnert sich nicht einmal an das Risiko, die Welt auf so unwürdige Art zu verlassen. Einige sagen, dass sie sich nicht einmal ängstigt, wenn sie daran denkt, denn ihr Leben ist kurz und sie kann nichts tun, um dies zu ändern.

Es ist evident und öffentlich bekannt, dass die Fliege kein Gedächtnis hat. Glauben Sie mir, bitte: Ich rede nicht einfach, um zu reden. Niemals stelle ich so ernsthafte Behauptungen auf, ohne mich vorher zu informieren. Wie immer muss ich objektiv sein und hier wenigstens eine andere Meinung über einen so komplexen Sachverhalt wiedergeben.

Ich erinnere mich sehr gut daran, was meine Mutter sagte, die wahrheitsgetreueste Gottesanbeterin, die ich in meinem Leben kennen gelernt habe. Ein so frommes Wesen wie sie lügt nie. Sie sagte, und glauben Sie nicht mir, sondern meiner Mutter und mit ihr allen Gottesanbeterinnen der

Welt, dass die Fliege vergesslich ist, weil sie sich nicht verliebt. Dank der Liebe könnte sie sich an ihre Vergangenheit erinnern und ihre Zukunft gut planen, so wie ich es tue, wenn auch nur für eine kurze Frist.

97

Die Nachtigall und die Fledermäuse

Man sagt hier so vieles, was man nicht alles glauben wird, selbst wenn es der öffentlichen Meinung gefällt. Aber verlieren wir keine Zeit mit solchen Gedankenspielen. Im Ernst: Es gibt keine wahrhaftigere Wahrheit im Tierreich als diese: Die Fledermäuse verfluchen die Nachtigall, wenn sie diese singen hören.

Es ist merkwürdig: Die Nachtigall erschrickt vor dem Flug der Fledermäuse.

„Es sind schreckliche Tiere", ruft sie überall.

Wenn sie dies hören, pfeifen die Fledermäuse schrill, um zu sagen:

„So singen die Dämonen."

98

Hühnerfeste und Kakerlaken

Von klein auf lernen die Kakerlaken, keine Einladung zu den Festen der Hühner anzunehmen, wenn sie auch noch so verlockend sind; und es ist eine zuträgliche Entscheidung, obwohl sie eine Einzelheit nicht kennen: Da die Hühner nie etwas zu Hause feiern, begehen sie Feste nur dort, wo sie Kakerlaken finden.

99

Die lobende Ratte

Es war einmal eine Ratte, die ständig ihre Kinder lobte, als gäbe es keine anderen auf der Welt. Jedem Tier mit Ohren, das sie traf, wiederholte sie die Geschichten bis zu dem unvorhergesehenen Tag, an dem ein Tier ihren Weg kreuzte, das fremden Tugenden wenig zugetan war. Das Wiesel, das sich vor Vergnügen über das Festmahl die Lippen leckte, zeigte mehr Interesse daran, jene illustren Kinder zu fressen, als sie zu bewundern.

100

So schöne Augen

Sie begleitet mich gerne, wenn ich in den Nächten spazieren gehe. Ich sehe nur ihre Augen, aber sie sind so schön ... Sie glänzen, erleuchten die Welt, laden ein, ihnen zu folgen. Ich muss gestehen, wie sehr sie mir gefallen.

Meiner Mutter hingegen sind sie nicht sympathisch: Die Eule und die Mäuse sind keine guten Freunde, sagt sie.

101

Tiere

Tiere, goldenes Vieh, Kakerlaken, schmutzige Schweine, sanfte Bestien, Spinnen fressende Wespen, Zecken ... Von dieser Höhe aus ist es mir egal, wie sie heißen. Wenn die Tiere auf der Erde klein sind, dienen sie uns als Nahrung. Die großen interessieren uns nicht, und sie sind so unbeholfen, dass sie nicht einmal fliegen. Einige Vögel versuchen, uns nachzueifern, aber ihr Streben ist vergeblich. Wenn ich die Welt von fern sehe, fühle ich mich stolz. Wir Adler haben scharfe Augen und durchdringen die Weite.

Eine Art Epilog

Die Pietà

Wir reiten ohne Eile, berauscht vom Vergnügen, als wir sie sehen: Sie ist hinter ihrem Sohn, in der letzten Umarmung. Das Kalb liegt leblos da. Die Mutter setzt ein Bein auf den Kadaver und schaut mit großen, fragenden Augen. Bei diesem Anblick steigt etwas im Gedächtnis auf, unbestimmt am Anfang, ein bestimmtes fernes Bild, Paradigma des Leids. Der Himmel ist dunkel. Vielleicht wird es auf lebenden Marmor regnen.

Pietà heißen zwei Skulpturen von Michelangelo. Maria hält den Gekreuzigten in einer Dreieckskomposition: Jesus liegt auf den Beinen seiner Mutter. Der Körper der Frau trägt den Sohn.

Aber hier, auf der Hacienda Santa Paula, sind weder Maria noch der Gekreuzigte, noch ein Künstler, der den extremen Schmerz bei der Darstellung der religiösen Erzählungen nachschafft. Diesmal, im grenzenlosen Grün, imitiert die Natur die Kunst, das ins Graue gehende Weiß erschafft den ausgehauenen Marmor wieder und die beiden Figuren vereinen sich dank der ebenfalls dreieckigen Komposition, wo das Leid der Mutter mit dem Leid des Tieres übereinstimmt: die Figur des Sohnes vor ihr, auf dem Gras, und dahinter die voluminöse Mutter, hoch aufgerichtet, beobachtet sie die Beobachter mit großen schwarzen Augen. Vielleicht spürt sie die Abwesenheit, die in den Stimmen des Windes ihren Anfang nimmt.

Das Saatfeld bleibt hinter uns. Das Vieh käut faul wieder, während ich in der Stille reite. Die Pietà ist eine Form des Protests.

Inhalt

Die Erzähler stellen sich vor

Der Zufall ist ungerecht

1 - Die Elster und der Papagei
2 - Die docta ignorantia der Chamäleonmutter
3 - Der mathematische Tausendfüßler
4 - Der Frosch und die Prinzessin
5 - Die Ordnung der Ameise
6 - Ehrgeizige Pläne der Henne
7 - Die Muschel
8 - Traurige Kakerlaken
9 - Der spöttische Frosch
10 - Die Ratte und die Kakerlaken
11 - Das Flusspferd
12 - Die nackten Wegschnecken
13 - Der Pfau
14 - Der delirierende Löwe
15 - Die Nacktschnecke vor dem Spiegel
16 - Drei Spinnen
17 - Engelsaugen
18 - Der problematische Kojote
19 - Das musikalische Füchslein

20 - Verfolgter und Verfolger
21 - Unglückliche Kreaturen
22 - Das göttliche Lumpenpack

Die Wirklichkeit macht Tricks

23 - Die schimpfende Henn
24 - Erleuchtete Motten
25 - Das phantasievolle Faultier
26 - Die Krähe und die Dohlenkrackel
27 - Der Skorpion und die Schlange
28 - Drosophila melanogaster
29 -Die eitle Libelle
30 -30 -Die glückliche Raupe
31 - Die Stechmücke und die Blume
32 - Der Schmetterling mit Augen auf den Flügeln
33 - Die Hummel gegen das Glas
34 - Das Festmahl der Gottesanbeterin
35 - Hundeträume
36- Der übelgelaunte Truthahn
37 - Die Freundschaft der Zecken
38 - Der goldene Hahn
39 - Der singende Frosch
40 - Der bescheidene Kater
41 - Die falsche Katze
42 - Die Fliegen
43 - Die Wachtel, die zählen konnte,

44 - Der Engel des Hühnerstalls
45 - Das Huhn mit den goldenen Eiern

Animal sapiens

46 - Die lange Schere der Krabbe
47 - Der Truthahn und die Brieftaube
48 - Ein besseres Tier gibt es nicht
49 - Die arglistige Schlange
50 - Der Cuyeo
51 - Warum die Kühe wiederkäuen
52 - Die müßige Zikade
53 - Warum die Spinnen weben
54 - Der Leuchtkäfer
55 - Der Kaktus und die Igelin
56 - Das Krähen des Hahnes
57 - Lasterhafte Hunde
58 - Das Wiederkäuen des Stieres
59 - Die Spur der Wegschnecken
60 - Die kleine Ratte und die Fledermäuse
61 - Unnütze Debatte über Krabben
62 - Die traurige Raupe
63 - Der schnarchende Fisch
64 - Die Füchsin und die Umfragen
65 - Der Neid
66 - Traurige Zikaden

67 - Die redseligen Hühner
68 - Der störrische Esel
69 - Der böse Wolf

Habitat

70 - Der Himmel und die Hölle
71 - Das Zebra und die Giraffe
72 - Die Gans und die Auster
73 - Armer Floh
74 - Der Betrug und die Lüge
75 - Die Hyäne und das Krokodil
76 - Der Schritt der Raupe
77 - Die ruhigen Hunde
78 - Der Bambus und der Stieglitz
79 - Warum die Krokodile weinen
80 - Die undankbaren Hunde
81 - Das unmögliche Labyrinth
82 - Das glückliche Schwein
83 - Der Gesang der Nachtigall

Relativitätstheorie

84 - Der Kolibri und die Katze
85 - Der Käfer
86 - Was das Tier nicht versteht
87 - Der traurige Yigüirro
88 - Die Langsamkeit der Schildkröten
89 - Die Nacktschnecke und die Weinbergschnecke
90 - ie Eidechse und die Moskitos
91 - O widerwärtige Gewohnheiten
92 - Der Jaguar
93 - Die beobachteten Beobachter
94 - Das engelgleiche Tier
95 - Das Glühwürmchen
96 - Das Gedächtnis der Fliege
97 - Die Nachtigall und die Fledermäuse
98 - Hühnerfeste und Kakerlaken
99 - Die lobende Ratte
100 - So schöne Augen
101 - Tiere

Eine Art Epilog

Die Pietà

Zum Buch, Albino Chacón

Zum Autor

RAFAEL ÁNGEL HERRA (1943 in Alajuela, Costa Rica) Schriftsteller und Philosoph. Studierte klassische Philologie und Philosophie an der Universität von Costa Rica. Promotion zum Doktor der Philosophie an der Universität Mainz, Deutschland. Mehr als 20 Jahre Herausgeber der *Revista de Filosofía de la Universidad de Costa Rica*. Gastprofessor an den Universitäten von Bamberg und Gießen. Botschafter in Deutschland und bei der UNESCO. Ordentliches Mitglied der Sprachakademie von Costa Rica. Autor von Artikeln, die in mehreren Printmedien Costa Ricas und anderer Länder erschienen. Einige seiner Erzählungen erscheinen in internationalen Anthologien und sind ins Französische, Italienische und Deutsche übersetzt worden.

Bücher
Romane und Erzählungen

El soñador del penúltimo sueño. Cuentos.
Había una vez un tirano llamado Edipo. Cuentos.
La guerra prodigiosa. Novela.
El genio de la botella. Relato de relatos. Novela.
Viaje al reino de los deseos. Novela.
La divina chusma. 101 fábulas.
D. Juan de los manjares. Novela.
El ingenio maligno. Novela.
Artefactos (in Druck)
El sexo fuerte. Cuentos (in Druck)

Lyrik

Escribo para que existas
La brevedad del goce
Melancolía de la memoria

Einige Essays

Violencia, tecnocratismo y vida cotidiana
Lo montruoso y lo bello
Las cosas de este mundo
Autoengaño. Palabras para todos y sobre cada cual
La vida imperfecta (in Druck)

rafaelangel.herra@gmail.com

Zum Übersetzer

Hans Jürg Tetzeli von Rosador, geboren 1938 in Wien.

Studium der Germanistik, Anglistik und Romanistik an der Ludwig-Maximilians-Universität in München. Abschluss mit dem ersten Staatsexamen für das Lehramt an höheren Schulen in den Fächern Englisch und Französisch 1962. Von 1963 bis 2000 Dozent des Goethe-Instituts zur Pflege der deutschen Sprache im Ausland und zur Förderung der internationalen kulturellen Zusammenarbeit. In verschiedenen Funktionen an den Unterrichtsstätten im Inland Radolfzell am Bodensee, Berlin, Staufen und in der Zentralverwaltung in München tätig sowie an den Zweigstellen im Ausland Bogotá, Sao Paulo, San José und Marseille.

Zum Buch

Eine bestimmte Tradition unterteilt die Literatur in wichtige und weniger wichtige Gattungen. Die Fabel wäre unter den letzteren, unfähig mit dem glanzvollen Roman oder der vornehmen Lyrik zu wetteifern. Deshalb fehlt sie so sehr in der zeitgenössischen Literatur. Vielleicht sollte man eher von wichtigen und weniger wichtigen Schriftstellern sprechen, denn die Fabeln dieses Buches sind von einer Edelfeder geschrieben – der von Rafael Ángel Herra –, der sich vornehm und glanzvoll dieser „geringeren" Gattung zuwendet, mit Texten voller kaustischem, schwarzem Humor, Ironie und genauer Beobachtung von Verhaltensweisen, jeder ein überaus unterhaltsames Spiel von Spiegelungen, wenn nicht eine parodistische Neufassung klassischer Texte, grausame Allegorien des Absurden und Widersprüchlichen der menschlichen Existenz.

Prof. Dr. Albino Chacón